Trois
Bonjour, soleil
曬小物

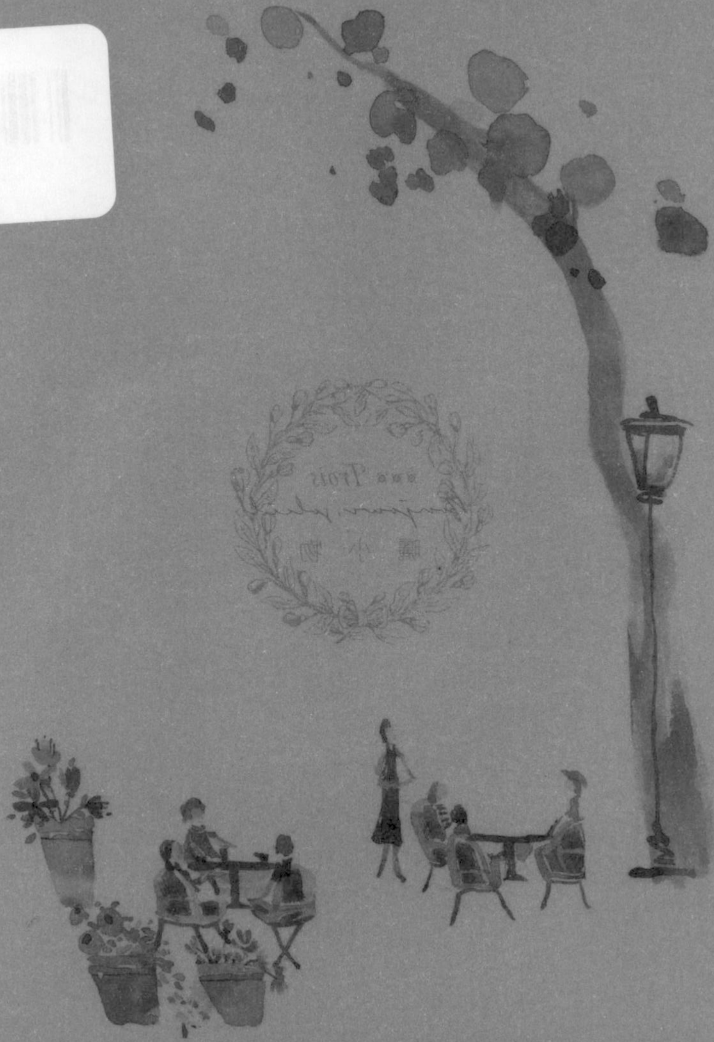

在這裡一天吸取的養分，
足夠蓄電達半年長久……

古董街

L'Isle sur la Sorgue

第一次到索格島的人們大概都是為了鎮上十四個古老的水車而來，我則為了幫家裡的老水罐、老磅秤找尋新玩伴，親訪鎮上三百間古董老物店而來。

3 LE THOR
ISLE SUR LA SORGUES

「拜託，再載我去一次！」
媽媽低聲下氣地懇求開車的爸爸。

「妳已經去過了。」
在吊床上閉著眼睛，
聆聽早晨的爸爸答。

「拜託，我現在離它很近，不然下次我從台北說要來，你就不能輕鬆地回說你要去哥倫比亞。倒不如讓我一氣呵成？」媽媽語帶威脅、但又不敢太過激動得好好說。

搔了搔頭髮、一臉無奈的爸爸拿起車鑰匙，第三次開上同一條遙遠的路。媽媽達成心願，卻也不敢太過張狂地跳起來，只能竊喜等下又可以與老東西們見面。

窗外，風和日麗。

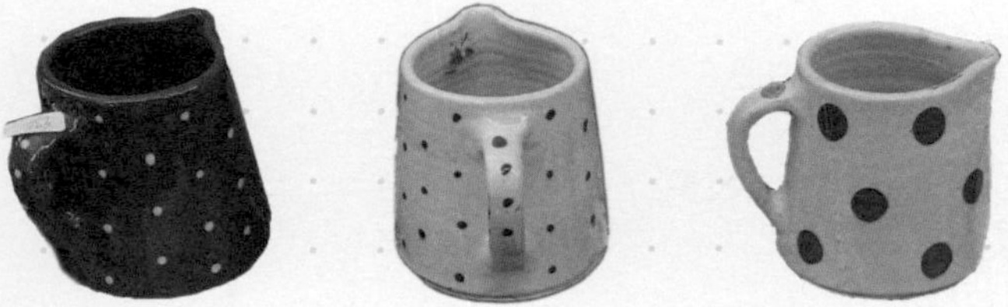

c

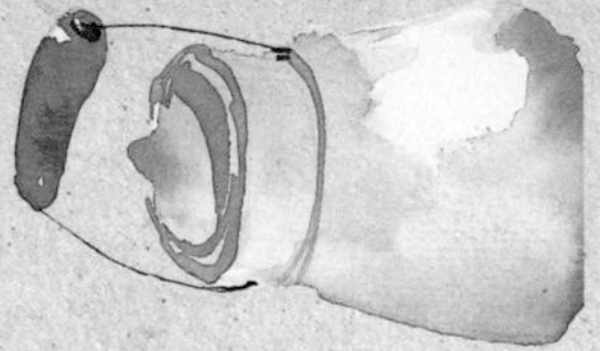

h

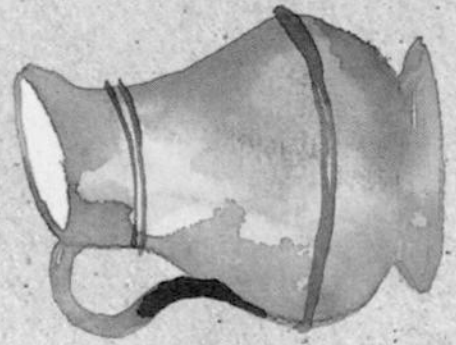

b

f

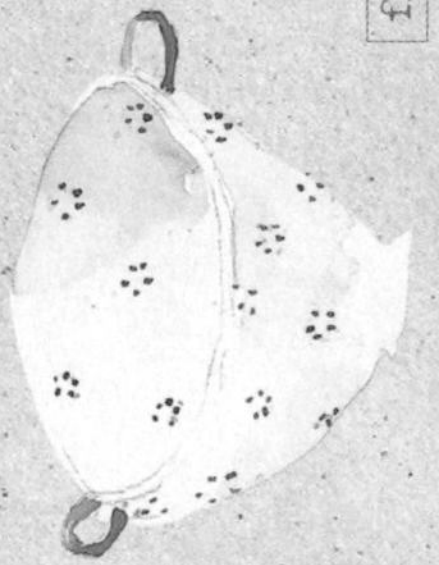

g

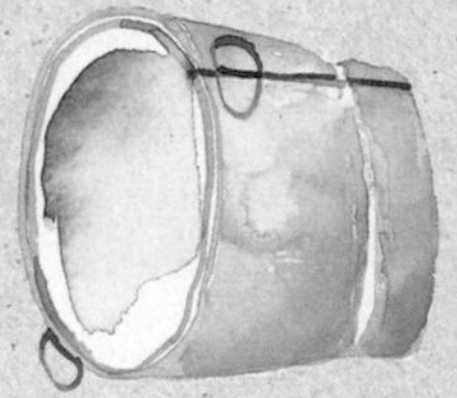

a

e

i

j

l

m

n

o

p

R. DUVIVIER.28.PARIS

3€ la barquette
origine
produit FRAISE
variété CHARLOTTE
calibre
catégorie
La Pièce

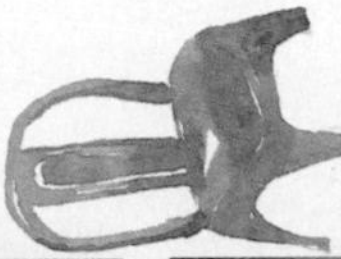

Bonjour

MIDI
APPRIVOISÉ
04 90 68 82 01

Fion's Note

索格島

L'Isle sur la Sorgue

索格島的週日，人潮擠得水泄不通，除了市集的富饒之外，巷弄裡的小店舖、周邊的古董店更是叫人心亂的罪魁禍首。不過儘管人們來來往往，咖啡館外依舊能擠出一方自我天地，開展出來另外的慢板氣氛，彷彿蓋起透明隔音的四方罩，一個世界、分明的兩種情調。

FION

select 01

Time and treasure。

不用指標也會找到，它太過搶眼。
數不清楚有幾個鐵線鳥籠、幾座鐵鑄老鐘、幾把復古折椅，紛亂間又井然有序。
腳步慌張地亂竄，那絕對是一種失心瘋的表象。不過一點關係也沒有，人生也不過就這麼一點小興趣。

通過一長串店鋪的美好摧殘，如果你還倖存，記得繞到後院，只要不是冬季，我想小河和盈眼的綠，將送上令你難以忘記的氣氛。

又，逢星期日再來光臨，連同鎮上擠得水泄不通的市集一起走逛，那麼這一天吸取的養分，足夠蓄電達半年長久。

Côté Parc
129, av de la Libération, 84800 l'Isle-sur-la-Sorgue
Tél : 04 90 21 58 62

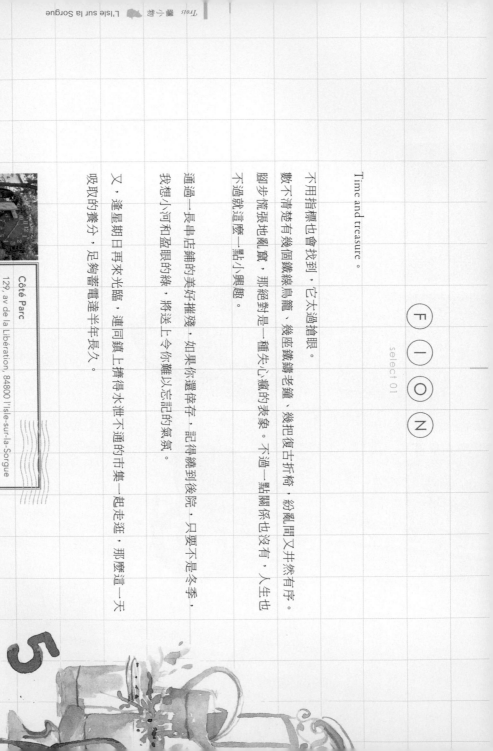

Olive
CUSINE
JARDIN
PLACE

甜點街

Apt

早上去麵包店時，多半都會再帶一個甜派，一天嘗試一種，
是我用甜點記錄旅行的另一種方式。

La Grande Duchesse.

遇見
水果樹

黑醋栗從花芯裡鑽頭出來，先是青蘋果綠色，然後才漸漸變成深紅紫色的模樣，就像我們在蛋糕上看到的樣子。

屋主的爺爺摘下一棵黑紫色的果子送給 Mia，說這個熟了。跟我早上在市集裡看見的果子一模一樣，才知道原來門口那棵大樹就是無花果。

在後院的樹下吃 BBQ，遮陽的大帽子是一棵櫻桃樹，聽說上個月才剛結束結果期，鮮紅欲滴的鑽石只剩下乾枯的核。

市集攤位上滿到快要滑下來的蜜桃子，花朵是纖嫩的白粉色，花蕊像上了光的金蔥線，甜桃、水蜜桃、杏桃……其實搞不太清楚誰到底是誰，但清楚知道就直接一整顆拿起來咬、完全不用在乎豐沛的果汁將弄髒臉的麻煩。

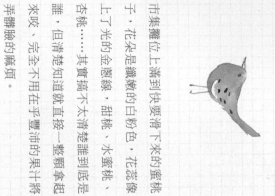

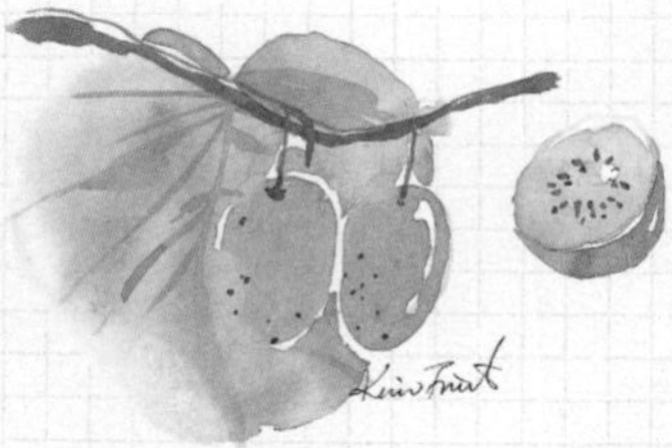

土黃色的奇異果兩顆、三顆地作夥
牽手長大，原來幫忙遮蔽陽光的奇
異果葉是這樣雄壯碩大，呼吸普羅
旺斯空氣的奇異果樹，不曉得是哪
一種酸香？不論哪裡出產的你，在
找不到薄荷時，都還好有你的綠，
做為讓蛋糕清新起來的功臣。

普羅旺斯甜點

若跟巴黎相比，普羅旺斯的甜點店大概能用「樸實」兩個字來形容。小鎮上的麵包店、甜點店，多半有一種「自家製」的氣格。

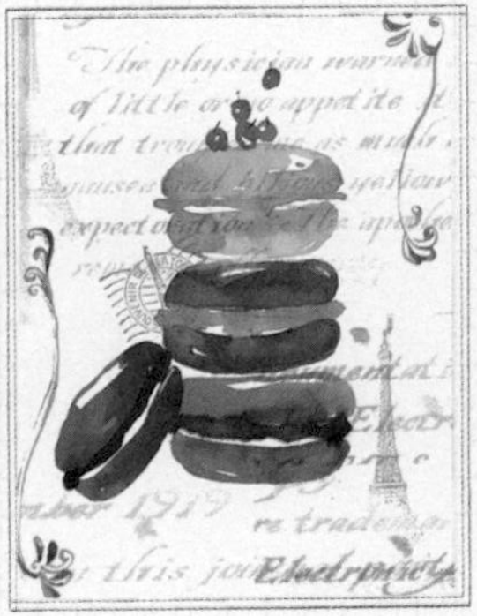

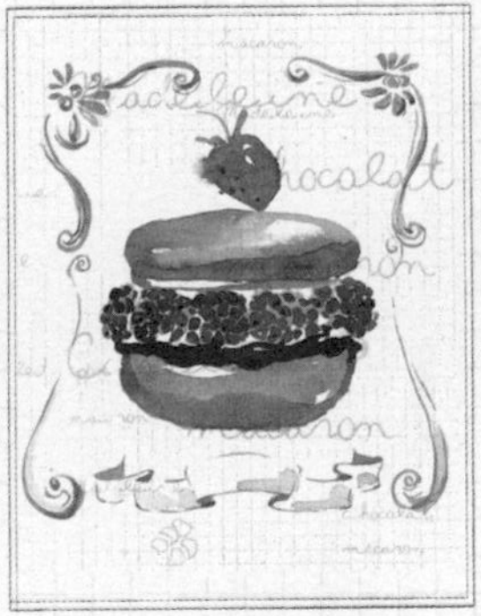

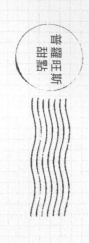

黑醋栗派、蘋果派、杏桃派……常常不知道選哪一個好？水果上的透明糖漿讓水果看起來晶晶亮亮，隔著玻璃罩依稀可以聞到酸甜香氣。早上去麵包店時，多半都會再帶一個甜派，一天嘗試一種，是我用甜點記錄旅行的另一種方式。（講到這裡，想到巴黎的甜點又是另一幅充滿顏色的篇章。）

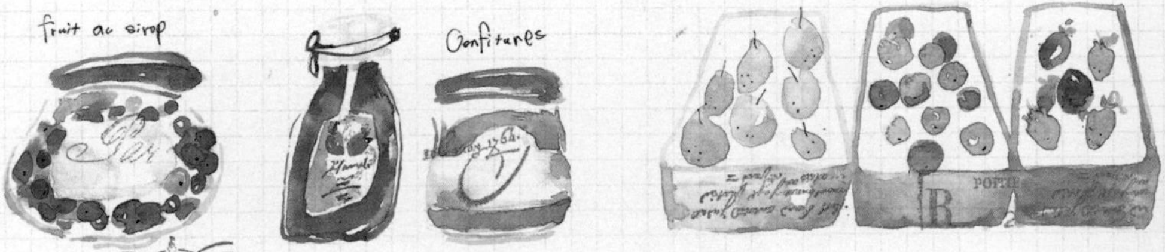

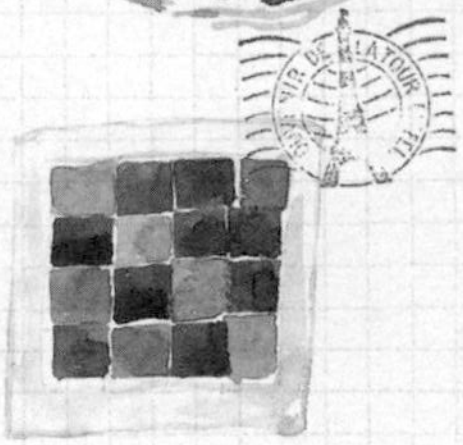

亞普糖漬水果

有別於晶亮的甜派，另一種表面霧白、源自於亞普一帶的傳統糖漬水果，也是小鎮甜點店裡常出現的系列。

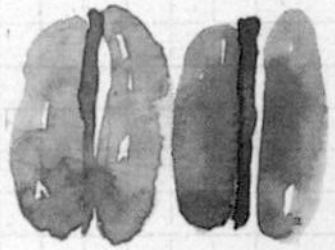

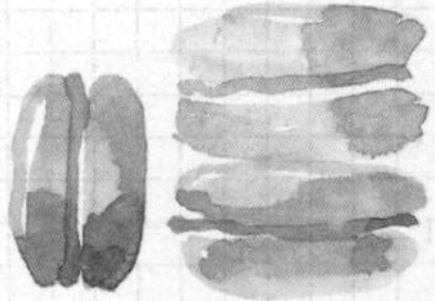

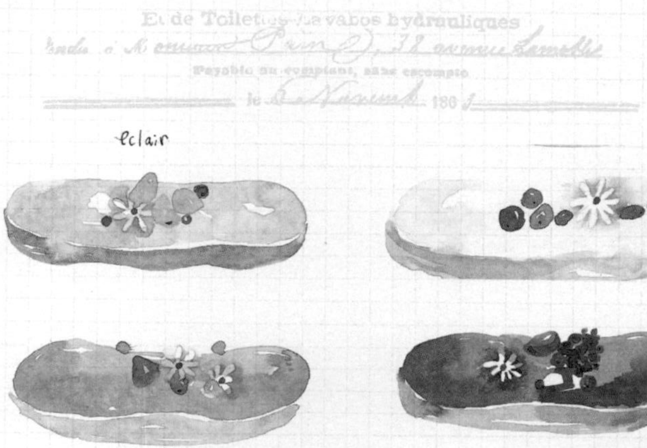

那是一種用透白糖霜裹著新鮮水果、類似蜜餞的傳統法國甜食。用新鮮水果，在糖水裡熬煮、拿起放涼、再下鍋熬煮、再撈起、再煮糖……經過好幾次的繁複手工，糖霜裡保存了水果本身的滋味。亞普小鎮裡仍有好幾家甜點鋪子販賣這樣傳統的法國甜品，鎮上的中心處也有糖漬水果的博物館。儘管他們甜到必須用一大壺伯爵茶的搭配來調和過度的糖分，花花綠綠的晶瑩色彩還是讓我像個孩子般趴在玻璃窗前不時吞下口水。

麵包店

艾克斯市政廳廣場在早晨市集結束後，街邊的小咖啡館便開始擴張座椅的版圖，沒幾分鐘，廣場上常常是座無虛席，這一點也不令人意外，像這樣有泉水、有音樂、有老建築的華麗溫柔、有咖啡和麵包香的愜意，連陽光下的白鴿也都成群地趕來插上一腳。

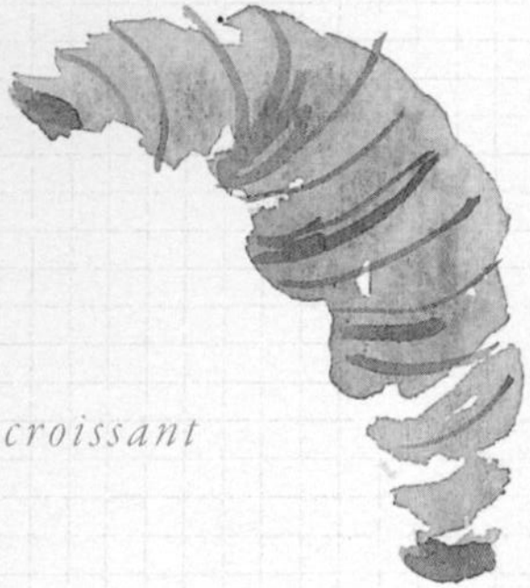

croissant

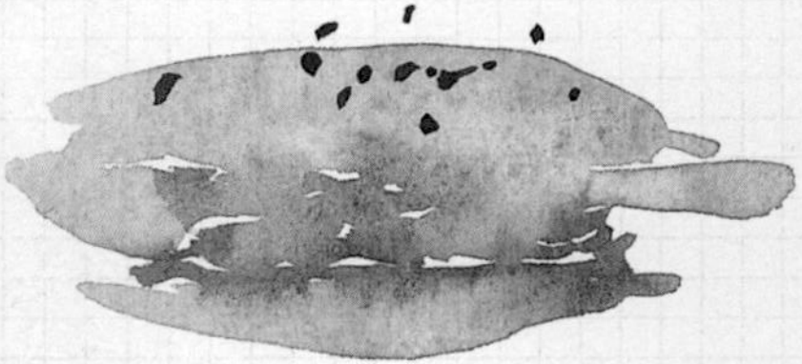

salami

可頌，大概是每天最喜歡的早餐，廣場旁的「Paul」麵包店賣的酥軟可頌是從巴黎一路下來吃不膩、變成上癮的日常習慣。也不知道是不是心理作用，在法國吃道地的法國可頌，感覺特別好吃且容易讓人失控。

包有蕃茄、義式沙拉米、起士的長形三明治，看起來也充滿幸福感，份量大到當早餐＋午餐也沒問題，若是旅途中遇見噴泉，在樹蔭下的長椅坐下來，我們一家四口常分著三明治，各自在咀嚼裡體會法國鄉間的悠容。

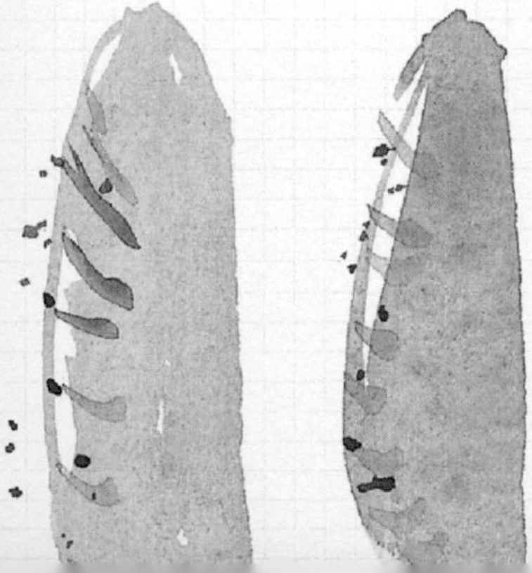

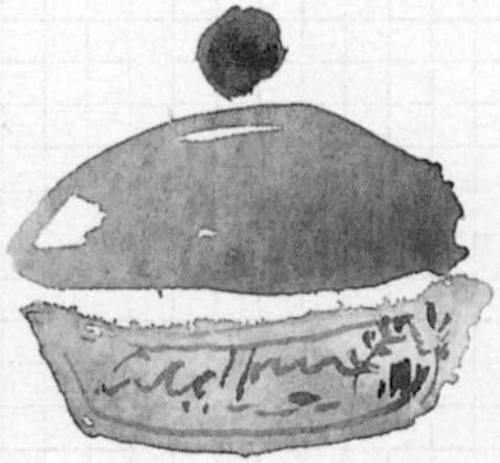

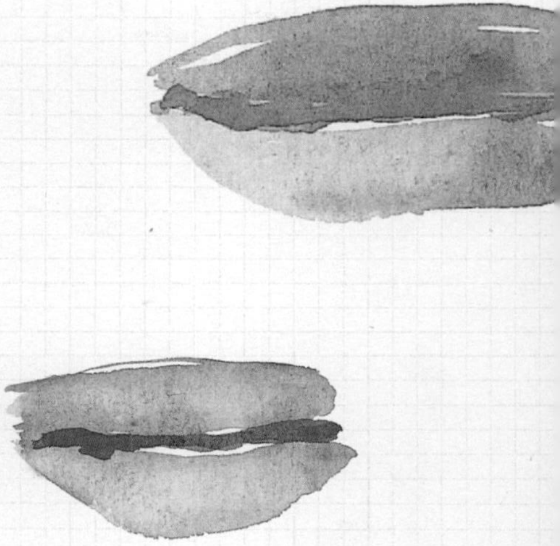

長棍，越嚼越香的麵包，若遇見剛出爐的長棍，儘管肚子不感覺餓，依然會買來啃上兩口，若又能配上橄欖油或是紅酒醋，不用等到晚餐時間，一家都是麵包肚的我們早早便已經開始華麗的一天。尤其是那最小隻、正值長牙期的 Lulu，在南法的那段時間，十分享受「征服」硬邦邦的法國麵包那種越嚼越香的口感，想必他的麵包字典裡滿是「經驗談」吧！

baguette

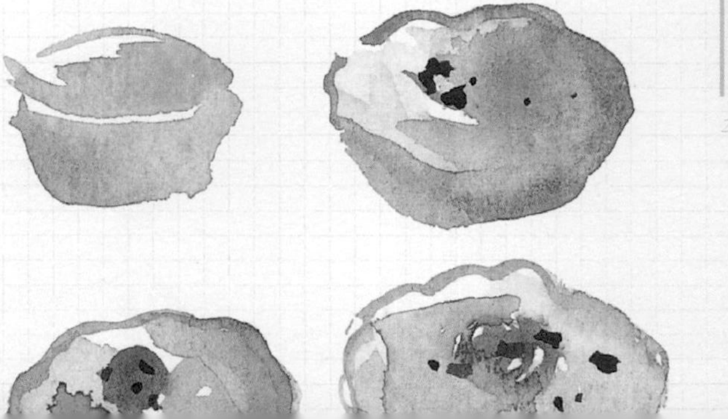

雜貨街

Lourmarin

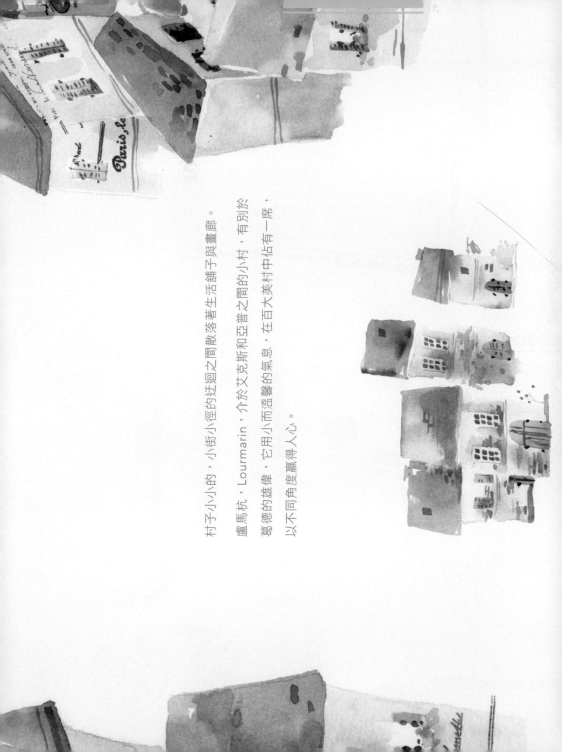

村子小小的，小街小徑的迂迴之間散落著生活舖子與畫廊。

盧馬杭，Lourmarin，介於艾克斯和亞普之間的小村，有別於葛德的雄偉，它用小而溫馨的氣息，在百大美村中佔有一席，以不同角度贏得人心。

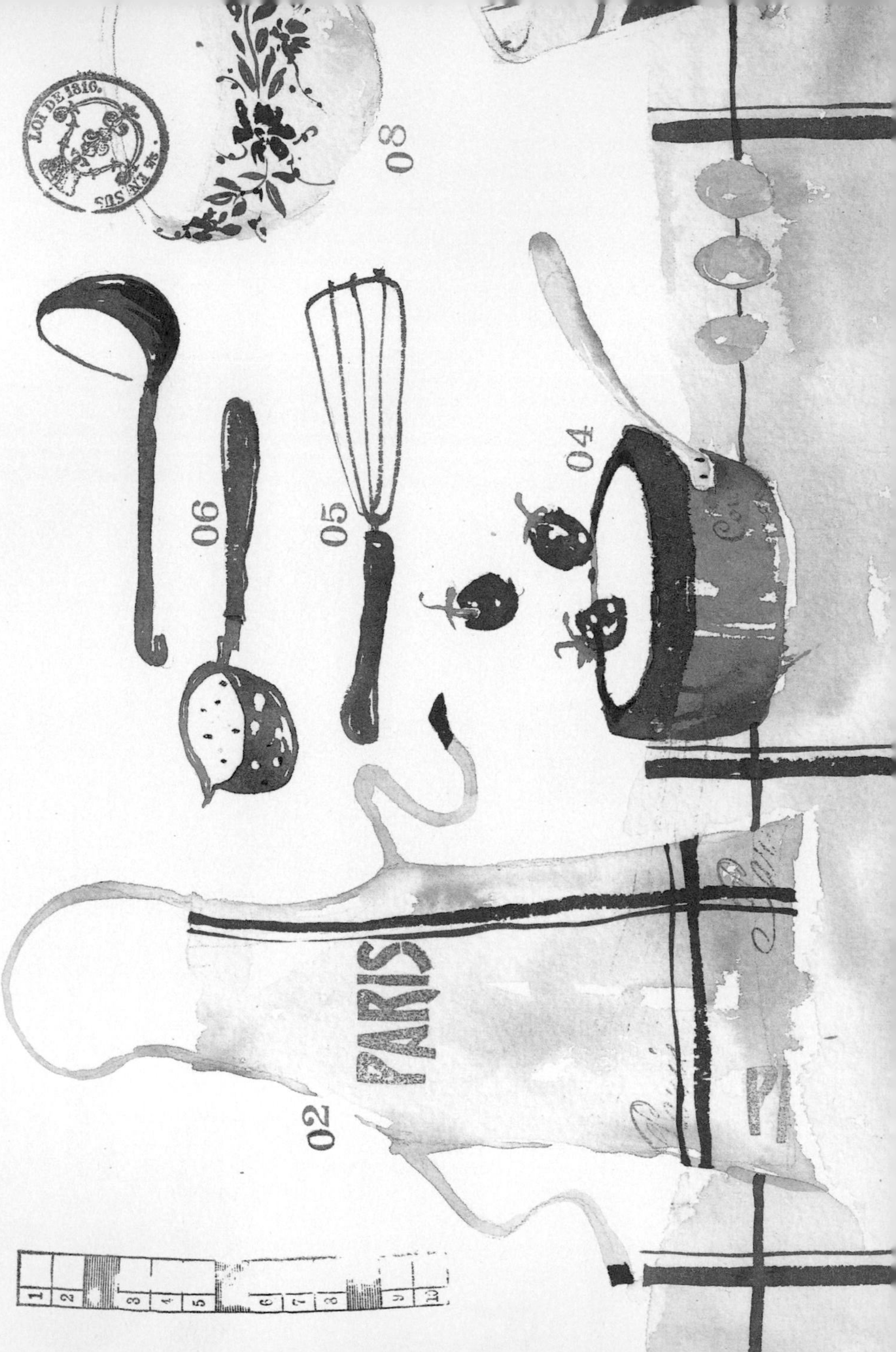
LOI DE 1816.
EN SUS
08
06
05
04
PARIS
02
1
2
3
4
5
6
7
8
9
10

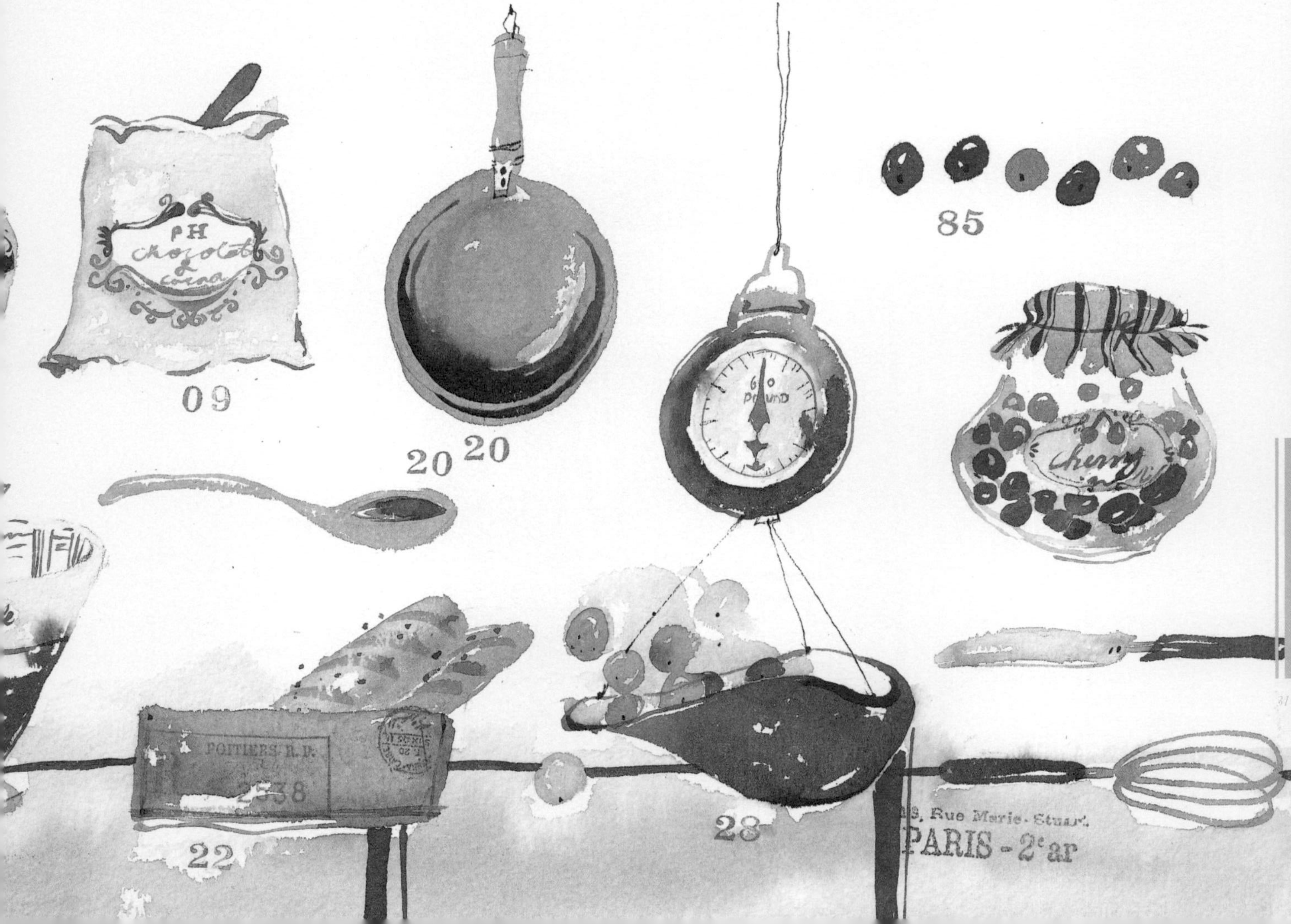
PH
chocolat
&
cocoa
09
20
20
60
POUND
85
cherry
22
POITIERS R.P.
2538
28
18, Rue Marie-Stuart
PARIS - 2e ar

SQUARE

才剛從寄宿小屋的美麗漩渦中稍微站穩了，一踏進村裡立即又陷入另一場美麗交戰。過分的美讓心臟噗通噗通地跳，正值村裡午休時間的安靜，空氣裡的心跳聲顯得清晰。街道的優容、轉角佇立的滿牆綠葉、上坡小徑的老物小店，還有讓我完全沒有抵抗力，直接舉雙手投降的雜貨鋪子們，美好得令腳步彷徨。

coté
Bastide

CAUTRE COTE

BUTANE
ANTARGAZ
PROPANE
Bois et Charbons
Téléphone 75

JARDIN
DES
CHATS

LA MERIDIENNE

ATELIER
BUISSON
KESSLER

côté
Bastide

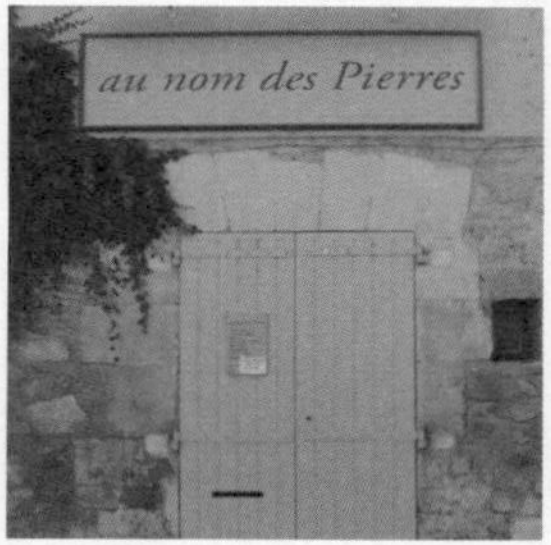

au nom des Pierres

Encadreur

FION

select 02

0:45 AM，天秤再度受到美的襲擊，軟弱地掉進深淵。

Les habits neufs

厚實的藍條亞麻織品、印染的文字織品，再度撩起一波我內心深處、對「french country」尚未解惑的深厚迷思。水藍色大門打開，裡頭昏暗但是溫暖的黃光投射在各種厚實的織品上，喜歡用古布拼接，搭配皮件 / 五金，設計成立體包包、家飾布，是品牌特色。手糊的泥牆的粗糙表面，襯出掛在上頭的大布包的麻線紋理，亦步亦趨的移動腳步，像是走進一間華麗私人織品殿堂。

怎麼會曉得溫柔的水藍色之後，Les habits neufs 給的是一場無止盡的淪陷。

Les habits neufs
17 Rue Henri de Savournin, 84160 Lourmarin
Tél : 04 90 68 31 63

Les Habits Neufs

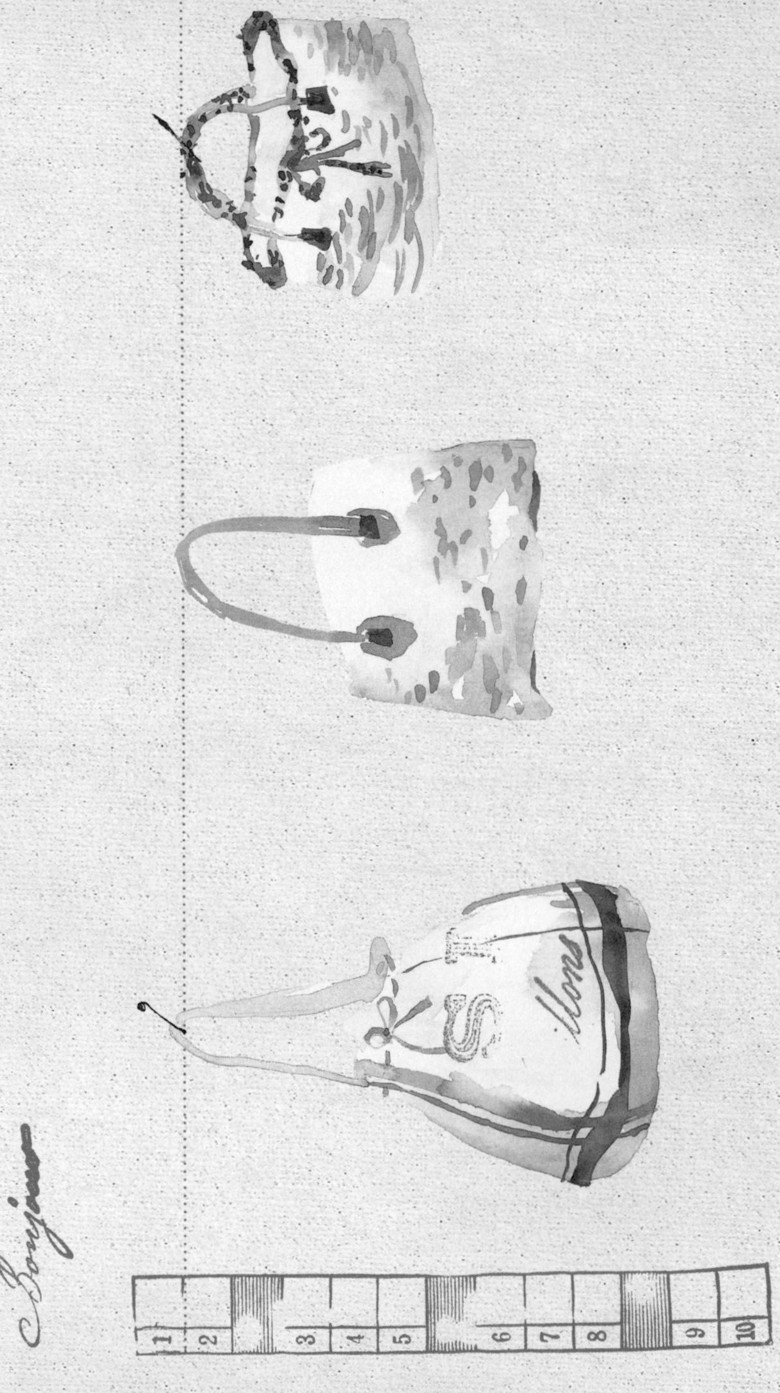
Bonjour
1 2 3 4 5 6 7 8 9 10

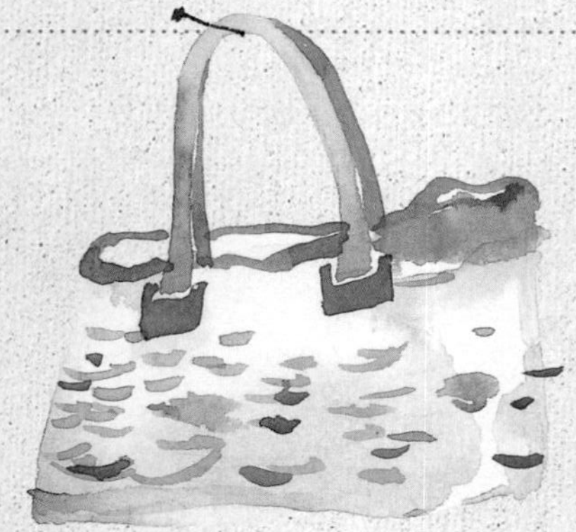

PROVENCE

F I O N

select 03

11:20 AM，阿婆一邊撥打算盤、一邊用法文碎碎念，大概是在念這個亞洲女生不買麵包、只買麵包包裝紙的奇怪行徑。

小村裡唯一的雜貨鋪，由阿婆和孫子輪流看店，阿婆賣麵包、賣比薩、賣蔬果也賣栗子醬。雖然再走五分鐘就會有超級市場，我還是喜歡來阿婆店裡，幫阿婆買走一些水果麵包，讓她明天可以進新鮮的貨。

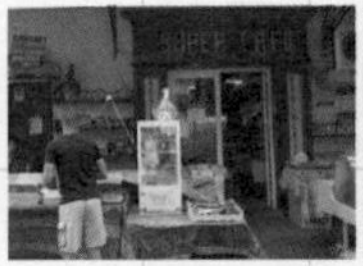

Super Taf II

Montée du Galinier, 84160 Lourmarin

Tél : 04 90 08 52 60

La Petite Boutique

FION

select 04

11:35 AM

今天是女兒顧店，但真想讓爸爸知道昨天逛了很久的亞洲女生有買下「看了很久」的玻璃罐和燈，希望他知道且開心。

鐵線、藤器、玻璃；黑色、米色、白色，各式各樣的燈具從天花板垂下、高高低低，拿鐵碗這裡一落、那邊一落，自然的陳列風格，像走進鄰居家裡般自在。暖黃色的燈光讓室內溫馨，一間爸爸和女兒一起照顧的雜貨家飾店，從街上看進來，像是一座生了營火的小山洞。同我一樣被吸引進來的遊客一個接著一個，轉身有點困難了，不如大家就這樣坐下來，我們應該都不想離開。

Les choses de la vie

21, Avenue Philippe de Girard, 84160 Lourmarin

Tél : 04 90 68 85 29

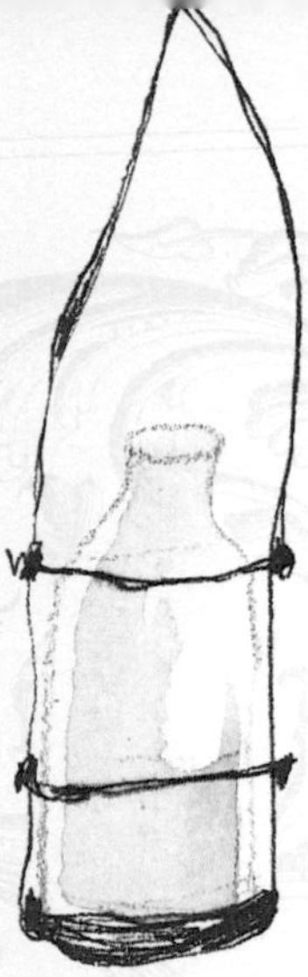

64

Jardin

64
PARIS

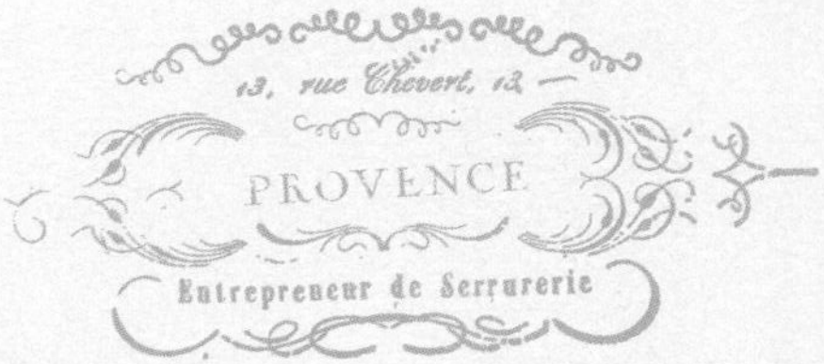

村裡的小徑不過就這麼幾條，每天重覆走過，太明顯的難分難捨。在停止運轉的噴泉旁廣場坐下來，凝視對角長滿青苔的石牆，心裡一陣落寞。

明天就要說再見的盧馬杭，我很喜歡妳。

Lourmarin

South France